LE CRI

D'UNE VICTIME

PAR

SERS

*Auteur de l'**Intérieur des Bagnes** et des*
***Maisons centrales dévoilées**.*

ROCHEFORT

IMPRIMERIE CH. THÈZE, 123, PLACE COLBERT

—

1880

LE CRI

D'UNE VICTIME

PAR

SERS

*Auteur de l'**Intérieur des Bagnes** et des Maisons centrales dévoilées.*

ROCHEFORT

IMPRIMERIE CH. THÈZE, 123, PLACE COLBERT

—

1880

LE CRI D'UNE VICTIME

PREMIÈRE PARTIE

On lit dans le journal les *Tablettes des Deux Charentes*, sous la date du 30 janvier 1878, no 9, 3e page, 4e colonne :

Nous avons eu, plus d'une fois, l'occasion de faire écho aux pressantes réclamations de notre concitoyen M. SERS ; nous devons constater aujourd'hui que le mutisme des gouvernants n'a point lassé sa patience.

A l'aurore du régime que nous ont fait ses amis politiques, M. SERS a adressé au Ministre de l'intérieur la lettre suivante :

MONSIEUR LE MINISTRE,

On serait porté à penser que le temps du bon plaisir gouvernemental dont notre malheureux pays a tant souffert, commence à s'éloigner de nous. Cette trop longue série d'oppressions serait-elle véritablement remplacée par le règne de la justice et du droit ? Pour ma part, j'en accepte l'espérance et, sous la protection d'un régime réparateur, j'ai l'honneur de vous adresser ma lettre, publiée, le 8 juillet 1876, par le journal les *Tablettes des Deux Charentes*, 3ᵉ page, 3ᵉ colonne.

Je dois accompagner cette information d'un fait bien connu au département de l'intérieur (Bureau des Maisons de force et de correction) : c'est que le pouvoir, alors lancé dans de sinistres aventures, prononça ma révocation parce que je ne voulus pas, dans l'exercice de mes fonctions, faire cause commune avec des voleurs et des assassins.

Si ma déclaration, Monsieur le Ministre, se trouve entachée de la moindre calomnie, l'honneur, ainsi outragé, du corps auquel j'appartenais, pourrait-il ne pas exiger réparation d'une semblable offense ?

Daignez, etc.

SERS.

Le 29 décembre 1877.

Suivent trois autres lettres, également publiées par les *Tablettes des Deux Charentes* :

Mon cher Directeur,

Avant de vous remercier du bienveillant accueil que, dans les *Tablettes des Deux Charentes*, vous avez fait à ma lettre du 29 décembre dernier, je désirais connaître la réponse de M. le Ministre de l'intérieur afin de vous en donner connaissance. Mais, suivant le système adopté aujourd'hui dans des régions ténébreuses, ma demande, n'étant appostillée que par une cause honorable, sera probablement condamnée, comme tant d'autres, à subir l'enterrement du pauvre.

Cependant je crois avoir posé la question carrément :

« Le pouvoir a prononcé ma révocation parce que je
« n'ai pas voulu, dans l'exercice de mes fonctions,
« faire cause commune avec des voleurs et des assas-
« sins. »

Maintenant il faut reconnaître que les gouvernements qui se succèdent forment entre eux une chaîne dont la rupture ne saurait être admise sans mettre en péril l'ordre social.

Donc on me doit justice, aucune disposition de la loi n'établissant de prescription contre moi. Et, lors même qu'elle en établît, la prescription ne serait pas applicable, vu ce principe de droit :

« Qui ne peut pas agir ne peut pas prescrire. »

Il faut pourtant sortir de cette ornière ; il le faut, l'honneur le commande. En sortira-t-on par un acte de justice ? J'en doute... oui, j'en doute, car on m'assure que certain personnage remuant de notre localité vient d'apposer son *veto* en répétant partout : « La question est trop ancienne ! » Cette doctrine est abominable !....

Mais voilà suffisamment de chemin parcouru, pour une première explication : si vos lecteurs décident, mon cher Directeur, que je peux, sans indiscrétion, continuer à publier les mystères du ministère, je vous parlerai, dans ma prochaine lettre, de l'honorable M.

Dufaure, président du Conseil, qui, certes, est loin de s'être comporté, dans cette affaire, en chevalier sans peur et sans reproche.

Tout à vous.

SERS.

Au hameau de la Tublerie, le 18 mars 1878.

—

MON CHER DIRECTEUR,

J'avais à vous entretenir du rôle regrettable qu'a joué dans mon affaire l'estimable M. Dufaure, président du Conseil ; mais je viens d'être informé qu'il se dresse contre moi une machine de guerre dont je dois avant tout prévenir les effets. C'est à quoi je vais d'abord apporter mes soins. Cependant, si M. le ministre de la justice, devant lequel s'inclinent tous les parquets de France et d'Algérie, pensait que, faute de preuves à produire, j'exécute une conversion calculée, il aurait tort de ne pas me contraindre à prouver mon allégation. Ceci dit, arrivons à la machine de guerre.

Sachez donc, mon cher Directeur, que, suivant le déplorable usage enraciné dans nos habitudes adminis-tratives, on m'a gratifié d'un dossier dont le contenu, porté à sa plus grande puissance, ressuscite les exploits de Croquemitaine ! A chaque feuille on lit :

« M. Sers est un républicain !

« Un homme dangereux !

« Un rouge !

« Un partageux !

« Son domicile est le foyer d'une société secrète !

« Il fabrique de la poudre !

« Il doit marcher sur Paris !.... »

Voilà, en raccourci, les chefs d'accusation dont on me favorise dans l'ombre. Je n'invente rien ; je cite simplement les griefs, en prenant l'engagement de réduire au silence, par des preuves officielles, les menées de la calomnie.

Eh bien, le dossier continue de faire les frais de l'accusation ; seulement on ne le montre plus avec le même empressement. Pourquoi ? Parce que, malheureusement pour les parrains de ce petit chef-d'œuvre, le système gouvernemental fonctionne sur de nouveaux rouages : or, ces messieurs, après m'avoir barbouillé jadis des couleurs d'un républicanisme furibond, auraient peut-être mauvaise grâce aujourd'hui à me faire asseoir sur le revers de la sellette.

En fin de compte, à quoi tendrait donc ma demande ? A obtenir réparation de tant d'outrages et de la perte de mon emploi, si, toutefois, le glaive et la balance de la justice ne représentent point un article de bimbeloterie ; ou bien, — diminuons encore nos prétentions, — je désirerais que l'on me ménageât au moins une satisfaction morale. En droit et en raison, je crois mériter cette fiche de consolation.

Voilà pourquoi je pose ce dilemme : « Je suis coupable ou je suis innocent ! » Coupable, j'appelle sur moi la sévérité des tribunaux ; innocent...., ah ! monsieur le Ministre de l'intérieur, pourriez-vous, dans ce cas, ne pas montrer votre autorité ! La morale, la religion, la dignité gouvernementale vous en font pourtant une obligation ! Songez surtout que la logique, l'impitoyable logique, pourrait vous appliquer cet adage : « Dis-moi qui tu protèges et je te dirai qui tu es ! »

Arrêtons-nous, mon cher Directeur, à cette dernière réflexion, que partageront certainement toutes les consciences honnêtes.

Permettez-moi de vous presser la main.

SERS.

Au hameau de la Tublerie, le 23 avril 1878.

—

MON CHER DIRECTEUR,

Mes lettres, publiées dans le journal les *Tablettes*, semblent attirer l'attention de mes concitoyens ; on les accueille, m'écrit-on, avec un intérêt marqué, qui doit me faire oublier les mauvais procédés des hommes haut placés qui me ferment tout accès à la justice ; seulement, on me reproche de ne pas avoir fait connaître, d'une manière développée, les motifs qui ont provoqué ma réclamation.

Quand je recourus à votre bienveillance ordinaire, je n'avais d'autre but que celui de faire parvenir ma pétition à la connaissance de M. le Ministre de l'intérieur, et d'attirer ainsi sur moi le bénéfice des nobles sentiments que je lui attribuais. Je ne pensais pas alors que mes concitoyens se fussent intéressés au sort d'une victime perdue dans les oubliettes depuis plus de trente ans ! Le contraire s'est produit : le public a compris ma prière et le Ministre de l'intérieur a fait la sourde-oreille.

Je dois aujourd'hui, donner satisfaction aux vœux des gens de bien qui me tendent une main amie. Voici mes explications :

En 1845, sous la protection particulière du Ministre de l'intérieur et du sous-secrétaire d'Etat, je fus nommé greffier-comptable à la maison centrale de Vannes (Morbihan). Un avenir brillant m'était réservé. Malheureusement, dans ces limbes expiatoires, le personnel administratif... — ah ! puis-je vous peindre tant d'immoralité ! tant de dépravation !... Déchirons plutôt ce hideux tableau, mon cher Directeur ; mais sachez que rien n'a pu me faire sortir de la ligne honorable et courageuse qui m'avait été tracée par mes protecteurs. Là se trouvent précisément les motifs de ma révocation.

Or, sans craindre les reproches de ma conscience et la sévérité de la vindicte publique, je puis écrire à M. le Ministre de l'intérieur : « L'autorité gouvernementale, aveuglée par d'affreuses passions, a prononcé ma révocation, parce que je n'ai pas voulu, dans l'exercice de mes fonctions, faire cause commune avec des voleurs et des assassins. » Après trente ans d'outrages et d'humiliation, j'en appelle à votre tribunal !

En attendant que brille le jour de la réparation, permettez-moi, mon cher Directeur, de vous remercier des encouragements dont vous entourez votre affectueux concitoyen.

SERS.

Au hameau de la Tublerie, le 9 mai 1878.

M. SERS attend encore la réponse de M. le Ministre de l'intérieur.

DEUXIÈME PARTIE

Dans l'intérêt de la morale publique, je crois bien faire en publiant de nouveaux documents sur la lutte que, depuis plus d'un quart de siècle, je soutiens résolument contre une cabale dont rien n'a pu calmer les passions désordonnées. Aujourd'hui, mon droit ne peux plus être contesté ; je me présente avec des preuves victorieuses émanées du Gouvernement lui-même.

Je reprends donc, en l'abrégeant considérablement, ma volumineuse correspondance.

A Monsieur le Président de la République française.

MONSIEUR LE PRÉSIDENT,

Je crois remplir le devoir d'un bon citoyen en vous adressant le petit imprimé que renferme cette même enveloppe et en vous peignant la triste impression dont sa lecture a été l'objet. Partout on se disait :

— Nous assistons, il faut en convenir, à un spectacle assez singulier, celui que présente un modeste habitant de la campagne, tenant en échec des hommes considérables. Le villageois parle, écrit, fait sonner les trompettes et les clairons de la presse, interpelle ses puissants adversaires, les pousse dans leurs derniers retranchements, et les adversaires, renfermés dans un silence incroyable, n'osent pas même regarder en face l'humble campagnard, qui n'a cependant pour défense que la couronne du martyr dont l'ont gratifié les mauvaises passions.

— Ah ! c'est qu'il arrive quelquefois, mon cher ami, que la couronne du martyr, vaillamment portée, place sur le front de la victime une auréole imposante devant laquelle la morgue des sommités est obligée de s'humilier. Napoléon Ier a consacré cette vérité en disant : « Devant l'honnête homme les baïonnettes s'abaissent. »

— Oui, quand la conscience publique se réveille et couvre le patient de son égide. Au fait, que reproche-t-on à l'employé disgracié ?

— Rien ! il n'a été ni entendu ni mis à même de se faire entendre.

— Il doit y avoir cependant des motifs de révocation ?

— Sa réclamation l'établit positivement : « il n'a pas « voulu, dans l'exercice de ses fonctions, faire cause « commune avec des voleurs et des assassins ! »

— Quoi ! l'honneur et la probité deviendraient des chefs d'accusation ?

— Vous le voyez.

— Le bon plaisir s'érigerait en tribunal révolutionnaire ?

— Nous devons nous rendre à l'évidence.

— Le crime et l'immoralité auraient le droit de punir l'homme revêtu de la robe sans tache ? Cette pensée me glace le sang !

— Il faut pourtant le croire puisque les faits se produisent au grand jour.

— La loi, les droits du citoyen, la protection de l'autorité tomberaient à l'état de lettre-morte ?

— La loi, les droits du citoyen, la protection de l'autorité sont tombés sous la coupe des enfants terribles !

— Juste ciel ! je n'aurais jamais cru que nos mœurs pussent atteindre ce degré de... tenez, je ne veux pas dire le mot. Adieu, mon ami ; de pareilles révélations, déchaînées par la douleur et l'indignation, me porteraient à prendre la société en horreur. C'est réellement épouvantable !...

Voilà, Monsieur le Président, les conversations qui se tenaient et qui se tiennent encore aujourd'hui sur la place publique.

Confiant en votre justice, etc.

25 septembre 1878.

—

Publiée par les *Tablettes des Deux Charentes* :

MON CHER DIRECTEUR,

Je viens d'acquérir la certitude qu'aucune suite ne sera donnée à ma réclamation.

Me voilà décidément mis hors le droit commun.

L'intrigue, l'insolence, la colère des méchants auraient bien voulu me mettre également hors l'honneur ; mais sur ce chef, les ruses les plus raffinées ont été impuissantes.

Qu'ils se livrent donc à leur joie maintenant, ces triomphateurs clandestins, puisque les convulsions de leur victime expirante ont pour eux quelque chose de si suave et de si divertissant !

Quant à vous, mon cher Directeur, qui m'avez permis, dans votre journal, de me laver des souillures de la calomnie, accordez-moi la satisfaction de publier cette bonne action dans tout l'éclat de son mérite.

Je comptais au nombre de vos adversaires politiques ! Mais j'étais votre concitoyen ; j'étais opprimé, diffamé, traîné sur la claie comme un malfaiteur !... et vous vous êtes levé pour me défendre !... Merci ! les honnêtes gens de tous les partis pourraient-ils ne pas applaudir à un élan si généreux ?

Tout à vous.

SERS.

Le 20 janvier 1879.

Ici se produisit un grand évènement : le maréchal de Mac-Mahon donna sa démission de président de la République et fut remplacé par M. Grévy. Qui n'eut pas alors conçu l'espoir de voir s'établir une sérieuse direction dans les affaires publiques, en entendant vanter, avec tant d'éclat, le patriotisme du nouveau chef de notre Gouvernement ? Je tournai donc, moi aussi, des regards de confiance vers le premier magistrat de la République.

Ce beau rêve ne me berça pas longtemps, ainsi que va nous le démontrer la suite de ma correspondance.

A Monsieur le Président de la République française.

MONSIEUR LE PRÉSIDENT,

Sous la protection de votre justice et de votre autorité, j'ai l'honneur de renouveler à la Présidence, ma supplique laissée sans suite et sans réponse par votre prédécesseur.

Daignez agréer, etc.

5 février 1879.

—

A Monsieur le Ministre des Postes et des Télégraphes.

Je crois pouvoir vous affirmer qu'un grand contentement s'est produit quand les Chambres ont eu la bonne pensée de créer le ministère à la tête duquel vous êtes placé. Cette mesure laissait espérer qu'à l'avenir disparaîtrait le cabinet noir et que la malveillance n'exigerait plus des employés (sous l'autorité du serment), l'obligation de taire ce qui se passerait sous leurs yeux.

Je me suis laissé aller à la satisfaction générale.

Cependant il se présente un fait dont je m'explique difficilement la contrariété.

Depuis plus de trente ans, je sollicite de l'autorité supérieure, un acte de justice au sujet de la révocation dont je fus frappé, parce que je ne voulus pas, *dans l'exercice de mes fonctions, faire cause commune avec des voleurs et des assassins.*

Fatigué de la déplorable inertie du pouvoir, je venais de déposer mes espérances quand sonna l'heure de l'ère nouvelle qui nous promettait d'effacer, par de nobles actions, les souvenirs du passé. Malheureusement les gouvernements se succèdent sans que la justice figure dans leur cortège.

Cependant ma confiance découragée se ranima ; je suivis le torrent de l'enthousiasme populaire en plaçant mon honneur et mon droit sous la protection des sentiments élevés que j'attribue au nouveau chef de l'Etat.

Pas de réponse !........

D'où peuvent provenir, Monsieur le Ministre, des procédés si peu conformes à la majesté du Pouvoir ?

Soyons logiques :

Ou ma supplique a pu s'égarer dans les bureaux de votre administration, ou M. le Président de la République se trouve entouré d'un personnel bureaucratique qui laisse beaucoup à désirer, car il ne se couvre même pas du vernis de la politesse.

Dans le premier cas, Monsieur, je me recommande à votre bienveillance, à l'effet d'ordonner la recherche de ma pétition ; dans le second, je me propose d'adresser au Chef de l'Etat, — car ma confiance n'est point ébranlée par le mutisme des bureaux, — une deuxième ampliation que je ferai suivre, si besoin est, d'un nouveau rappel.

Je joins à la présente lettre un imprimé intitulé : *Le cri d'une Victime*; il vous donnera une idée de la triste condition à laquelle sont descendues la dignité et l'urbanité française d'autrefois.

Je suis heureux, Monsieur, de vous adresser, etc.

Le 18 février 1879.

—

A Monsieur le Préfet de Police. — Paris.

Permettez-moi de vous entretenir du Chef de l'Etat et de la haute considération dont il doit être entouré ...

Je vous avoue franchement que je m'étais fait du Gouvernement républicain l'idée grande et belle que nous inspire l'enthousiasme de la civilisation ; mais, juste ciel ! qu'il m'a fallu en rabattre en voyant fonctionner ce nouveau régime ! Partout les mêmes intrigues, partout les mêmes privilèges n'ayant pas perdu un pouce du terrain de la terre promise. Pour mon compte, depuis un temps presque immémorial, je subissais le caprice des dominateurs de l'époque ; depuis l'avènement de la République, je le subis, je crois, avec encore plus de rigueur : *Le Cri d'une Victime*, placé sous ce même pli, vous en offrira la preuve éclatante. Ajoutez à ce témoignage le silence absolu dans lequel se renferment mes protecteurs obligés (ma correspondance en fait foi), et vous aurez une idée des déceptions que nous ménageaient l'égoïsme des courtisans et leur oubli du devoir.

Sans doute, mes protecteurs obligés devraient se maintenir dans une ligne honorable ; mais, faute par eux de revendiquer leur plus beau fleuron, l'autorité suprême ne doit-elle pas intervenir et se montrer dans tout l'éclat de sa justice ?

Eh bien, monsieur..... ah ! c'est ici que ma confiance et mon admiration en la personne de M. le Président de la République se perdent dans d'étranges conjectures : je me demande comment il peut se faire que la prière du tourmenté soit arrivée à sa dixième ampliation sans obtenir du pouvoir sa part de bienveillance et d'encouragement.

Une bande organisée (je m'arrête à cette pensée), empêche seule ma supplique d'arriver à la connaissance du Chef de l'Etat. Cependant l'équité de l'honnête homme ainsi endormie et sa dignité amoindrie n'exigeraient-elles pas que la lumière se fît ?

C'est pourquoi, Monsieur, je confie à votre amour du bien public ma onzième ampliation.

Daignez agréer, etc.

Le 22 avril 1879.

———

A Monsieur le Président de la République française.

Qu'il me soit permis de vous exprimer l'étonnement

dans lequel me jette votre éternel silence. Me voici arrivé à ma 17e ampliation, (ci-après transcrite), sans que le moindre signe de votre justice se soit manifesté. N'importe, toujours plein de confiance en la noblesse de vos sentiments, je repousse loin de moi les insinuations mal fondées qui me porteraient à penser que l'égoïsme, le manque d'énergie ou l'embarras d'une fausse position politique voudraient inaugurer, sous votre gouvernement, le système déplorable de rester inaccessible aux réclamations les plus justes et les plus intéressantes : triste inspiration qui placerait le Chef de l'Etat au-dessous du simple magistrat auquel la loi commande d'adresser au justiciable cette interpellation si sage :

— Accusé, qu'avez-vous à répondre ?

C'est pourquoi je ne puis m'empêcher de solliciter de la première autorité de mon pays, la faveur accordée à qui se présente devant ses juges, c'est-à-dire celle d'être mis à même de faire tomber le masque des méchants et des imposteurs.

Dans l'espoir d'obtenir une solution digne du Chef de l'Etat,

Daignez, etc.

7 septembre 1879.

A partir du 16, même mois, je fis pleuvoir à la Présidence cette nouvelle pétition, par l'intermédiaire des autorités judiciaires, administratives et gouvernementales, auxquelles j'écrivis :

« Prière à Monsieur... d'avoir la bonté de faire par-
« venir à son destinataire la pétition, dont suit la
« teneur, que je place sous la protection de sa bien-
« veillante autorité. »

Le 28 octobre suivant, M. le chef de cabinet (présidence du Sénat), me répondit :

« Veuillez adresser votre pétition, *légalisée*, et la
« suite désirable sera donnée à votre affaire, dont le
« retard provient sans doute de l'oubli de cette for-
« malité. »

O manœuvre et duplicité de la politique ! quelle triste réalité devait succéder à vos caressantes promesses !

A Monsieur le Président du Sénat,

Je réclamais depuis plus de trente ans la réparation d'une injustice révoltante dont je suis l'objet, quand vous seul, — je le dis à la face des ministres et des Chefs d'Etat, — daignâtes jeter sur la victime un regard de bienveillance. Le 28 octobre dernier vous eûtes la bonté de m'écrire, par l'organe de M. le chef de cabinet :

« Veuillez adresser votre pétition, *légalisée*, et la
« suite désirable sera donnée à votre affaire, dont le
« retard provient sans doute de l'oubli de cette for-
« malité. »

Le 1er novembre suivant, je m'empressai de répondre
à votre gracieuse invitation.

Le 26 du même mois, je crus pouvoir sans indiscrétion, vous demander si ma lettre vous était parvenue.

Alors j'appris, par la voie des journaux, qu'une
maladie sérieuse vous tenait éloigné des affaires. Ce
n'était certainement pas le moment de vous importuner
de mes sollicitations.

Puis arrivait l'époque de la rentrée des Chambres :
nouveau motif de respecter votre silence.

Aujourd'hui, Monsieur, vous nous êtes rendu, Dieu
merci, dans les plus heureuses conditions. C'est pourquoi je prends la liberté de vous renouveler ma prière
du 26 novembre dernier.

Daignez agréer, etc.

22 janvier 1880.

Ici se déchire enfin le voile des illusions.

A Messieurs les Président et Membres du Sénat.

Messieurs,

Je viens de lire dans le *Journal officiel*, du 27 février

dernier, nᵒ 35, page 2,270, — M. Casimir Fournier, rapporteur :

« La pétition adressée au Sénat par le sieur Sers,
« ancien comptable de la maison centrale de Vannes,
« ne contenant que des imputations vagues et violentes,
« ne peut, après plus de trente ans, faire utilement
« l'objet d'une enquête. On propose donc purement et
« simplement l'ordre du jour. » — Ordre du jour.

Je ne puis m'empêcher de vous exprimer ma surprise à ce sujet, n'ayant point adressé de pétition à votre auguste Assemblée. Examinez, je vous en prie, la pièce sur laquelle s'est portée votre sollicitude et vous reconnaîtrez, je l'espère, la loyauté de ma déclaration·

Quant aux motifs du rejet, (les faits remontant à plus de trente ans); dût mon langage vous paraître *violent*, je crois, Messieurs, que votre décision dépouille un peu la morale de ses sublimes et immortelles attributions. Dans mon humble médiocrité permettez-moi de vous soumettre ce raisonnement :

La morale et la religion sont deux puissances qui marchent de compagnie en se prêtant un mutuel secours. La morale est consultante, la religion est militante ; l'une traduit les inspirations de la conscience ; l'autre les prêche, les répand comme une semence divine et dote ainsi les peuples et les peuplades des bienfaits de cette heureuse association.

Le merveilleux accord de la morale et de la religion produisit, dans la succession des siècles, tous les avantages moraux dont jouissent généralement les Etats policés ; puis, s'harmonisant avec le Ciel, ce même accord dicta les immortels principes de l'Evangile, livre sacré qui marque encore la première place dans les archives de la civilisation.

Et aujourd'hui, ô sacrifice des inspirations célestes ! aujourd'hui la morale (précisant le fait qui nous concerne), descendrait aux conditions de la décrépitude !... La religion, sa compagne inséparable, après tant de siècles d'existence, tant de grandeur, tant de services rendus à l'humanité, ne serait plus, sans doute, elle aussi, qu'une antiquité propre à figurer dans les tableaux de la lanterne magique !...

Je dois vous l'avouer, Messieurs, je n'accepterai jamais une doctrine aussi sceptique.

Je vous prie d'agréer, etc.

26 mars 1880.

—

A Monsieur le Président de la République française.

Je suis fâché de vous importuner encore de mes réclamations ; mais, en vérité, on me prend à parti d'une manière trop absolue : voilà que maintenant le Sénat me fait jouer le rôle d'un solliciteur postiche. Ayez la bonté de lire ma lettre, ci-après transcrite, et vous déciderez ensuite si je puis laisser passer sous silence une semblable énormité.

Ma demande est purement administrative : c'est donc particulièrement à l'administration d'en connaître.

Victime du devoir commandé, je prie cette même administration d'ouvrir une enquête, seul moyen de me mettre à même de démasquer les manœuvres, les mensonges et la mauvaise foi de mes adversaires. Si l'engagement de soutenir une criminelle cabale (dont les coupables insinuations l'ont peut-être égarée), ne lui permet pas de se montrer sous ces nobles attributs, je lui donne rendez-vous devant les tribunaux, afin que la vérité se produise au grand jour, et que ma témérité (supposant une témérité coupable), soit ainsi forcée de plier sous l'autorité d'une condamnation exemplaire.

Voilà ce que j'appelle de la justice !

Je dépose à vos pieds, etc.

15 avril 1880.

A Messieurs les Président et Membres du Sénat.

Votre décision du 27 février dernier, relative à ma prétendue pétition, me place dans une position bien embarrassante. C'est une erreur, disent vos complaisants. Sans doute, c'est une erreur ; mais une erreur qui jette sur ma réputation un vernis tellement disgracieux que je me dégraderais moi-même, l'honneur me le crie ! si j'acceptais un pareil affront avec la résignation d'un malfaiteur en rupture de ban.

Je viens donc, Messieurs, par voie de requête civile,

vous prier de réformer la dite décision qui blesse la vérité, étonne la justice et doit troubler votre propre conscience.

Daignez, je vous prie, etc.

SERS.

28 mai 1880.

Toujours le même silence !

. . . .

Je laisse maintenant à l'opinion publique le soin d'apprécier la moralité d'une semblable intrigue contre laquelle doivent s'élever la plume, la presse, le droit et la raison, afin de disposer les premiers de la République à suivre les inspirations du devoir, de l'honneur et de l'équité !

CONCLUSION

Ma persistance à réclamer réparation du préjudice que m'a causé la perte de mon emploi, et le
parti pris, en haut lieu, de ne pas répondre à la
prière du patient prouvent évidemment que l'on
commet envers moi un déni de justice regrettable.

Que me reprocherait-on ?

Mon obéissance aux ordres du ministre ? ma résis-
tance à la corruption ? ma déférence aux injonctions
du ministère public, qui m'invita, par écrit, à lui
faire connaître les faits de corruption consommés,
sous mes yeux, dans la Maison centrale de Vannes,
(Morbihan.) Me reprocherait-on l'exemple d'un tra-
vail régulier ? l'accomplissement de tous mes de-
voirs ? les recommandations particulières dont je fus
l'objet de la part des inspecteurs généraux ?

Il me semble, au contraire, que ce sont là des
titres qui m'honorent, des titres qui devaient me
ménager les encouragements d'une administration
paternelle.

Mais une puissante cabale s'est montée contre

moi, et c'est contre moi, l'enfant perdu de la Justice ! qu'éclate la colère du Pouvoir !

Pas d'explications !.....

Un trait de plume me jette dans la tourbe des réprouvés : intérêt, honneur, emploi, considération, tout fait partie de l'hécatombe......

Depuis ce jour, il m'a été impossible de trouver un homme de cœur qui osât prendre ma défense.

Cependant cette cabale ne devrait plus avoir de prépondérance aujourd'hui que nous vivons sous la protection d'un gouvernement honnête ; elle ne devrait plus avoir de tabouret à l'Elysée, où réside et préside le premier citoyen de la République française.

D'où peut donc provenir la perpétuité de cette coalition qui me ferme tout accès à la justice de mes protecteurs naturels ? Mes imputations remonteraient-elles, comme on le prétend, à une époque perdue dans la nuit des temps ?

Lors même que cela fût, l'argutie la plus raffinée ne saurait soutenir une telle allégation sans porter préjudice à la morale, dont les droits sont imprescriptibles.

Ces mêmes imputations seraient-elles effectivement vagues et violentes ? présenteraient-elles des caractères agressifs de nature à motiver une fin de non recevoir ?

Vagues !... Voici les expressions dont je me suis toujours servi :

« L'autorité gouvernementale m'a frappé de révo- « cation parce que je n'ai pas voulu, dans l'exercice « de mes fonctions, faire cause commune avec des « voleurs et des assassins. »

Je demande ce qu'il y a de vague dans mes expressions.

Violentes !... Ne confondez pas, Messieurs, l'énergie d'une conscience sans reproche avec les emportements de la violence ; non, la violence ne se prête pas à d'humbles prières comme celles dont s'accompagne ma réclamation ; la violence demande justice l'apostrophe à la bouche et le fouet de Némésis à la main ; je ne vous donnerai jamais cette suprême satisfaction.

En résumé, vous avez encore le choix du bien ou du mal. Pour votre honneur, maintenez-vous dans la bonne voie, et faites que les canaux de la Divinité (image prêtée au Pouvoir par une heureuse comparaison), n'aillent pas se perdre dans les égoûts de la corruption.

ROCHEFORT. — IMPRIMERIE CH. THÈZE.